Karin H. C. Würzberger
Berührend schön – Juist
Ein Reiselesebuch

AF199305

Berührend schön Juist

Ein Reiselesebuch

Karin H. C. Würzberger

Bibliografische Information der Deutschen Nationalbibliothek:
Die Deutsche Nationalbibliothek verzeichnet diese Publikation
in der Deutschen Nationalbibliografie; detaillierte bibliografische
Daten sind im Internet über http://dnb.dnb.de abrufbar.
© 2020 Karin H. C. Würzberger

Lektorat: Dr. J. W. Schmid
Layout, Gestaltung: Sonja Neher, nach dem Entwurf
von Karin H. C. Würzberger
Fotos: Karin H. C. Würzberger

Herstellung und Verlag: BoD – Books on Demand, Norderstedt

ISBN: 978-3-7504-9678-1

Danken möchte ich meiner ganzen Familie für unvergessliche Juist-Momente und Hannes für seine Unterstützung, meine Liebe zu Juist in Worte fassen zu können.

Juist ist untrennbar mit meiner Kindheit verbunden. Von 1973–1986 war die Insel unser Urlaubsziel im Sommer. 2004 war ich dann nach langer Zeit wieder einmal auf Juist. In all den Jahren der Abwesenheit hatte sich so wenig verändert. Es war wie eine Zeitreise in die eigene Vergangenheit! In vielen Gesprächen auf der Insel fiel mir auf, dass Juist nicht nur für mich, sondern auch für viele andere zu einem Sehnsuchtsort geworden ist. Aus diesen Unterhaltungen ist dieses Buch entstanden. Es erzählt davon, warum Juist einen nicht mehr loslässt und warum wir alle Jahr für Jahr wiederkommen.

Inhalt

Einmal Juist, immer Juist!

Warum immer wieder Juist, das fragen sich viele, denn Juist ist eigentlich nur eine der sieben Ostfriesischen Inseln. Sie liegt im Westen zwischen Borkum und Norderney. Tideabhängig ist die Insel meist nur einmal pro Tag mit dem Schiff von Norddeich aus erreichbar. Auf den Einsatz von Elektrowagen wird verzichtet und Autos gibt es auch nicht. Auf Juist geht man zu Fuß, fährt mit dem Fahrrad und für den Transport von allem und jedem stehen Pferde zur Verfügung. Ampeln und Zebrastreifen sind nicht notwendig. Alles scheint sich wie von allein zu regeln und die fehlende Hektik lässt uns Zeit: Zeit für Besinnung, Zeit für Muße und Zeit für Rituale, die hier noch gepflegt werden.

In nur wenigen Minuten ist der siebzehn Kilometer lange Sandstrand von überall aus gut erreichbar. Die Weite der Natur, die uns umgibt ist überwältigend, lässt innehalten und macht zuweilen sprachlos: Dünen, Strand und Meer und darüber ein Himmel, soweit das Auge reicht. Die Überfahrt vom Festland dauert gerade lange genug, um sich auf die Insel einstellen zu können. Denn auf Juist erwartet uns eine andere Welt, wie zu einer anderen Zeit. Dessen muss man sich bewusst sein, wenn man die Insel das erste Mal betritt. Juist bietet offensichtlich fast Nichts, außer Natur und damit aber einen unerschöpflichen Freiraum für uns Selbst. Wer Ablenkung im üblichen Sinne sucht, wird diese nicht finden.

Ist all das, was Juist nicht bietet, uns aber auch nicht fehlt, genau das, was wir suchen? Ist die Kultur der Stille, wie diese Insel sich uns präsentiert, nicht die Antwort auf all die Fragen die wir haben? Warum entfliehen wir bewusst in eine Welt, die aus der Welt gefallen zu sein scheint? Können wir uns hier vielleicht selbst näherkommen, weil wir unsere innere Stimme wieder hören können?

Sicher ist, das Juist ein Zufluchtsort ist, die Gegenwelt, die Antithese zum modernen Leben. Werte, die in unserem Alltag immer mehr an Bedeutung verlieren, werden uns hier noch vorgelebt: Demut der Natur gegenüber, Mut Traditionen zu leben und die Weisheit eine Kultur der Stille zu bewahren. Auch das Fehlen von allem Überflüssigen macht diese Insel zu einem ganz besonderen Ort und die, die das erkannt haben, kommen immer wieder.

Juist ist aber nicht nur ein Urlaubsort. Juist fordert uns auf, zum eigenen Beobachter zu werden und uns mit uns selbst auseinanderzusetzen. Wer diese Auseinandersetzung nicht scheut, wer diese zulassen kann, den wird Juist berühren.

Lassen Sie sich ein auf einen Inselrundgang – auf der schönsten Sandbank der Welt!

Von überall her

Nach dem Juist-Urlaub ist bekanntlich schon wieder vor dem Juist-Urlaub und der ewige Kreislauf des Kommens und Gehens wird nur durch unseren Alltag unterbrochen. Aus allen Himmelsrichtungen strömen wir gen Norden mit dem Zwischenziel Norddeich-Mole.

Auf der Durchreise durch Ostfriesland schenken wir dieser vom Wind geprägten Landschaft oft wenig Beachtung und sehen meist nicht deren Schönheit, die uns stellenweise umgibt. Deutschland ist hier kurz vor der Nordseeküste flach, um nicht zu sagen topfeben bis zum Horizont. Die weite Sicht ins Land wird nur durch Hecken oder kleine Waldflächen unmerklich abgelenkt. Außer Landwirtschaft gibt es wenig. Romantische Klinkerhäuser, mit liebevoll gepflegten Gärten, stehen stumm am Wegesrand und begleiten uns bis ans Meer. Der Rasen ist nirgends so saftig grün wie hier. Nichts stört diese Kulturlandschaft, außer die wie Pilze aus dem Boden sprießenden Windräder, die diese Region langsam in eine Industrielandschaft verwandeln.

Und dann liegt endlich Norden vor uns, die kleine

Stadt, durch die wir nur hindurch fahren oder sie über die Umgehungstraße links liegen lassen. Entlang der Hauptachse stehen heute noch viele der alten Häuser, die für den aufkommenden Tourismus errichtet wurden. Eines neben dem anderen. Zum Teil sind sie verlassen oder werden nur lieblos genutzt. Der Reiseverkehr zu den Inseln Juist und Norderney hat das Leben hier mehr oder weniger zum Erliegen gebracht. Bei genauer Betrachtung zeigt sich aber noch die vergangene Schönheit und wir erkennen, wie es hier einmal ausgesehen haben muss. Noch in Norden beginnt die Norddeicher Straße. Es ist die Straße, die zum Schluss unserer Anreise kein Ende zu nehmen scheint. Dann, endlich in Norddeich angekommen, überwältigt uns das geschäftige Treiben, links und rechts der Straße. Je mehr wir uns der Nordsee nähern, desto bunter wird es. Auf den ersten Blick gibt es zu viel von allem und alles ist nur auf Tourismus eingestellt. Restaurants, Souvenirläden und Häuser, die freie Zimmer oder Ferienwohnungen anbieten, wechseln sich ab. Ruhe und Beschaulichkeit suchen wir hier vergeblich. In Norddeich Urlaub zu machen, wäre für einen echten Juist-Liebhaber wie kurz vor dem Ziel aufgeben. Dies wäre aber einfacher und bequemer, denn nun steht uns noch eine letzte Bewährungsprobe bevor, der wir uns nicht entziehen können, unser endgültiges Ziel der Anreise: der viel zu kleine Kurzzeitparkplatz.

In diesen Momenten beneiden wir die, die auf Norderney Urlaub machen. Sie fahren einfach mit dem Auto und dem gesamten Gepäck auf eine der stündlich ablegenden Autofähren. Kein lästiges Ausladen, kein Auto wegbringen, alle bleiben sitzen, bis das Auto auf der Fähre ist. Die Überfahrt dauert auch nur halb so lang, aber ein Inselwechsel ist nicht mehr möglich. Wer einmal auf Juist Urlaub gemacht hat, wird Norderney höchstens als Tagesausflug in Erwägung ziehen. Dies gilt ganz bestimmt auch anders herum. Nun wird es nochmals lebhaft, laut und stellenweise hektisch. Die Anreise bis Norddeich-Mole ist das eine, aber nun beginnt die große Kunst, nicht den Überblick zu verlieren und vor allem Ruhe zu bewahren. Uns allen ist die Anspannung anzumerken. Mit einer immer gleichen Choreographie, die über die Jahre hinweg stets verbessert wird, läuft alles nach einem ungeschriebenen Gesetz ab. Sobald wir einen Parkplatz gefunden haben, wird die

Aufgabenverteilung nochmals durchgesprochen. Alles ist minutiös geplant und jeder weiß genau, was er zu tun hat. Nun gilt es, mit möglichst wenig Aufwand alle Gepäckstücke auszuladen, gesammelt in den roten Rollcontainern zu verstauen und zum Schluss noch das Auto auf einem der Langzeitparkplätze sicher abzustellen. Dies ist immer wieder kein einfaches Unterfangen! Manche von uns sind so gut eingespielt, dass sie sich sehr geräuscharm und nur mit Gesten verständigen können. Andere wiederum geraten nochmals derart in Aufregung, dass sie die guten Vorsätze des „zugewandten Dialogs" für einen Moment verlieren. Ihre Ansprache ist dann deutlich und wird durch die Zuhilfenahme des einen oder anderen Kraftausdrucks noch verstärkt. Alle haben die gleichen Bedingungen, das gleiche Ziel und alles spielt sich auf einem räumlich sehr begrenzten Platz ab. Stellenweise gleicht das geschäftige Treiben einem Ameisenhaufen. Menschen laufen suchend umher und rufen aufgeregt durcheinander, sie tragen, ziehen oder schleppen Gepäckstücke über den Platz. Beliebt sind die unteren Ebenen in den Gepäckwagen. Für die, die zu spät kommen, bleibt nur die unbeliebte zweite oder dritte Ebene und das kann sehr mühsam werden, wenn die schweren Koffer oben verstaut werden müssen. Noch schnell die Nummer des Containers gemerkt, damit wir unser Gepäck auf Juist wiederfinden.

Wenn alles verstaut ist, werden die Container mit blauen Planen geschlossen und in Reih und Glied aufs Schiff gezogen; und nun nur nicht die Nummer vergessen. Vom nervösen Geschehen unbeeindruckt sind Kinder. Mit Rucksack auf dem Rücken, Stofftier im Arm und einen kleinen Kescher in Händen haltend, beobachten sie unbeeindruckt das Treiben. Sie strahlen Zuversicht aus, dass sich alles irgendwie regeln wird. Wenn das Gepäck dann verstaut ist, das Auto sicher auf einem der Langzeitparkplätze abgestellt wurde, die Fahrkarten parat sind, wir uns alle wiedergefunden haben und jeder sein Handgepäck bei sich hat, dann kehrt langsam auch Ruhe bei uns ein. Mit einer gewissen Erleichterung schauen wir in Richtung Anleger, ob schon das mit Sehnsucht erwartete Schiff da ist oder ob es erst noch in den Hafen einläuft. Ein Blick auf die Anzeigetafel mit der Abfahrtszeit zeigt uns: wir haben es wieder geschafft!

Sich vorbereiten

Eineinhalb Stunden Schiffspassage liegen nun noch vor uns. Äußerlich ruhig, aber innerlich noch erregt, drängt es uns nochmals zur Eile, wenn wir aufs Schiff dürfen. An Bord angekommen geht die Suche nach den guten Sitzplätzen los. Die Überfahrt kann sich ganz schön in die Länge ziehen und ein guter Sitzplatz ist Gold wert. Die einen lieben den Komfort und die Wärme und ziehen ein gemütliches Sitzen auf gut gepolsterten Plätzen im Innern des Schiffes einem harten Sitzplatz auf roten Plastikbänken an der frischen Luft vor. Die „Neuen" sind auf dem Schiff auch schnell ausgemacht. Sie bewegen sich langsam, vorsichtig und eher zaghaft suchend. Alle anderen wissen ganz genau was zu tun ist. Nachdem jeder einen Sitzplatz gefunden hat, kann es losgehen.

Fast pünktlich legt das Schiff der Frisia-Flotte ab, denn das Zeitfenster von Hoch- und Niedrigwasser lässt nicht viel Spielraum für Verspätungen. Sobald die Frisia, wie sie liebevoll genannt wird, den Hafenbereich verlassen hat, übernimmt auch schon die Natur mehr oder weniger das Ruder. Auf dem Oberdeck ist das ganz besonders zu spüren. Der Wind, der auch im Sommer oft kräftig bläst, weht einem meist stürmisch um die Ohren und je nachdem, wie viel Wasser da ist, kann die Überfahrt eine gefühlte Ewigkeit dauern.

Manchmal schaukelt das Schiff ein wenig, aber nicht stark, denn besonders viel Wasser haben wir ja nie unter uns. Entlang der Pricken, die die Fahrrinne kennzeichnen, bewegt sich die Frisia – fast behutsam – durch das Wattenmeer, immer mit Kurs auf Juist und im Einklang mit der Natur, denn Wind und Wasser bestimmen, was möglich ist. Mal geht es schnell, mal langsam und mal mehr oder weniger im Zickzackkurs vorwärts, aber was solls, bereits auf der Überfahrt beginnt der Juist-Urlaub. Unser Alltag bleibt in Deutschland, auf dem Festland oder in Norddeich zurück. Auf alle Fälle nehmen wir ihn nicht mit nach Juist.

Schon die Überfahrt hat ihren ganz besonderen Reiz. Gelassenheit und Ruhe pendeln sich im Einklang mit den leichten Schaukelbewegungen des Schiffes langsam ein. Das Denken wird leichter und die eigenen Gedanken schweifen schon mal ins Uferlose ab. Grenzen lösen sich auf und die Enge unseres Alltags fällt mit jedem Meter mehr von uns ab, mit dem wir uns unserem endgültigen Ziel nähern. Wir schalten ab von daheim, von unserem geregelten Leben. Wir geben uns ganz der Natur hin, der Faszination von Ebbe und Flut, Wind, Wolken und Sonne und dies, begleitet vom Geschrei der Möwen, ist genau das, was uns jetzt guttut.

Der Kalfarmer, wie die Ostspitze der Insel genannt wird, ist schnell erreicht und Juist kommt in greifbare Nähe. Fast möchten wir hier schon über Bord gehen und hinüberschwimmen, um nur endlich auf Juist sein zu können. Wissen wir doch, dass der Kurs durch das Wattenmeer sich unendlich ausweiten kann. Immer wieder das gleiche Spiel. Die Frisia nähert sich Juist, um dann wieder abzudrehen. Hin und weg und wieder hin und wieder weg. Der Weg ist zwar auch hier das Ziel, aber das ständige vor und zurück nimmt manches Mal ein unerträgliches Ausmaß an. So kurz vor dem Ziel das Ersehnte immer wieder entrissen zu bekommen, es schmerzt. Aber so ist es hier, die Natur bestimmt wo es lang geht und wann wir schließlich ankommen. Wir haben keinen Einfluss, so sehr wir es uns jetzt auch wünschten. Nun gälte es sich die Zeit im guten Sinne nicht nur zu vertreiben, sondern sie wahrzunehmen, zu erleben. Denn auch deswegen fahren so viele nach Juist.

Ein jeder tut es auf seine Weise. Die einen nutzen die Zeit für Gespräche über dies und das und vor allem darüber, warum sie immer wieder nach Juist fahren. Wieder andere lesen ein paar Zeilen oder schauen aufs Meer, natürlich immer Richtung Juist oder sie hängen ihren Gedanken nach. Mit jedem weiteren Urlaub entwickelt ein jeder eine Art Routine, wie er die eigene ihm zur Verfügung stehende Zeit während der Überfahrt nutzt.

Aus der Ferne betrachtet ist Juist flach. Die Wilhelmshöhe, die auf halber Strecke zwischen Flughafen und Ort liegt, thront in mitten von Dünen, die wie eine leichte Hügellandschaft sanft auf der Insel liegt. Alles fügt sich harmonisch ineinander, nichts stört das Auge und nur wenig lenkt unseren Blick ab. Das Kurhotel, welches liebevoll „das weiße Schloss am Meer" genannt wird und auch der Wasserturm bestimmen das Panorama. Sonst fügt sich alles ineinander und ergänzt sich. Das Wahrzeichen im Hafen ist noch nicht richtig zu sehen, zu sehr schmiegt es sich aus diesem Blickwinkel noch an die Insel.

Wir spüren die Sonne auf unserer Haut und den Wind in unseren Haaren, der mit ihnen jetzt schon macht, was er will. Die Seeluft ist frisch und salzig und das Einatmen wird zu einem reinen Vergnügen. Das Schiff durchschneidet das Meer, welches mit lautem Getöse zu flüchten scheint und dann sind da noch die Möwen, die uns seit Norddeich begleiten. Kunstvoll lassen sie sich vom Wind über das Schiff treiben, immer auf der Suche nach etwas Fressbarem. Als Reisebegleiter kündigen Sie uns mit Ihrem Geschrei die Insel lautstark an. Alle unsere Sinne werden angesprochen, wie wir es sonst eher selten wahrnehmen. Die Natur zeigt, wie unberechenbar sie sein kann. Sie fordert mit ihrer Präsenz nicht nur unsere ganze Aufmerksamkeit, wir fühlen uns ihr ausgeliefert, aber auch ebenso sehr verbunden.

Verträumt und doch ganz wach schauen wir immer wieder Richtung Juist und mit jedem Meter, den wir uns an der Insel entlang bewegen, spüren wir eine innere Ausgelassenheit und sind glücklich, heiter oder ganz einfach nur froh darüber, bald wieder auf Juist sein zu können.

So greifbar nah

Es ist so weit, schließlich wendet die Frisia ihren Kurs und steuert nun direkt auf die Insel zu. Am Leitdamm entlang nähern wir uns immer mehr dem Hafen. Juist liegt nun in greifbarer Nähe und vom zweiten Juister Wahrzeichen aus, an dem wir langsam entlanggleiten, erreichen uns schon die ersten Willkommensgrüße. Juist-Fahnen und Tücher, die in die Höhe gehalten werden, wehen zur Begrüßung im Wind und auch im Hafen erwartet man schon gespannt die Ankunft der täglichen Fährverbindung und somit auch uns.

Dieser Augenblick ist nur schön! Am liebsten würden wir ihn in Zeitlupe erleben. Wo kommen wir sonst so wirklich an und wo nimmt man sich schon Zeit, uns willkommen zu heißen? Um diesen Moment nur einmal erleben zu können, lohnt es sich schon nach Juist zu fahren. Nun werden auch wir unruhig und nichts hält uns mehr auf unseren Sitzplätzen. Alle sind nun mehr oder weniger auf den Beinen. Nur die Neuen, die zum ersten Mal nach Juist fahren, verstehen die Unruhe nicht und bleiben abwartend sitzen. Dauert es doch noch ein paar Minuten bis alle von Bord gehen dürfen. Jahr für Jahr verläuft die Ankunft im Hafen gleich und als hätten wir nicht schon genug Fotos von Juist, wird alles zum wiederholten Mal im Bild festgehalten. Nun ist es soweit, wir verlassen das Schiff. Langsam und Schritt für Schritt, fast so wie wir es betreten haben. Es ist ein bewegender Augenblick. So manches Auge füllt sich mit Freudentränen, die mehr oder weniger unbemerkt bleiben. So glücklich sind wir, endlich wieder hier sein zu können. Wir schauen uns suchend um und ja, da sind sie. Was für eine Freude, auch wir werden schon mit einem Lachen erwartet.

Jemanden „vom Schiff abzuholen" gehört auf Juist zu den beliebten Freizeitbeschäftigungen. Auch wenn man niemanden kennt, schaut man im Hafen vorbei. Für aufmerksame Zuschauer gibt es dann manch freudige Begrüßungsszenen zu beobachten, die einen selbst aus der Ferne berühren und mitfreuen lassen. Zu den Reisezeiten ist das Hafengelände voll und Menschen, Fahrräder, Pferdekutschen und Gepäckstücke nehmen gerade noch die Plätze ein, die frei sind.

Nach der Ankunft warten die roten Koffercontainer in Reih und Glied darauf, dass alle ihr Gepäck wieder selbst ausladen. Die blauen Planen sind zurückgezogen und Gepäckstücke in allen nur erdenklichen Ausführungen kommen zum Vorschein. Auf Juist muss sich jeder um das eigene Gepäck kümmern, sonst bleibt es im Hafen zurück. Die einen ziehen die Rollkoffer hinter sich her, andere nehmen die Pferdekutsche, lassen es von Fahrradkurieren transportieren oder sie nutzen den Handwagen, der ihnen von ihrer Unterkunft für den Weitertransport zur Verfügung gestellt wird. Der Richtige muss erst noch gefunden werden, denn sie sehen alle mehr oder weniger gleich aus. Dann heißt es, fachmännisch alles aufeinander zu stapeln und die vorerst letzte Etappe anzutreten, bevor wir uns dann selbst davon überzeugen, dass der Strand noch da ist.

Nach und nach verlassen alle das Hafengelände wohl wissend, dass uns nicht viel erwarten wird. Denn auf Juist findet man nicht das, was andere Urlaubsorte bieten. Aus herkömmlicher Sicht gibt es keinen Zeitvertreib. Es gibt nichts, was wir tun müssen, dafür haben wir Zeit, Zeit für uns und andere.

Endlich wieder hier

Die ersten zaghaften Schritte auf der Insel zeigen, dass unsere Erinnerungen uns nicht trügen und Juist immer wieder etwas ganz Besonderes ist. Haben wir erst einmal den Hafen und das geschäftige Treiben verlassen, treten wir ein in eine andere Welt und in eine andere Zeit. Wir sind angekommen, zu Hause, zuweilen in der eigenen Vergangenheit und auch bei uns selbst.

Schlicht und zurückhaltend – wie aus der Zeit gefallen – präsentiert sich Juist. Ganz selbstverständlich liegt die Insel vor uns, im Blickkontakt mit dem Festland aber dennoch abgeschnitten vom Rest der Welt und umringt vom Meer. Alles ist gleich wieder so vertraut und lässt uns glauben, die Insel erst vor ein paar Stunden verlassen zu haben. Nichts hat sich verändert oder besser gesagt, wenig und das was sich ändert, bemerken wir in den meisten Fällen erst im Nachhinein. Aber vor allem tauchen wir ein in eine Welt vor der unsrigen Zeit, in eine Vergangenheit, in der die Technik noch nicht überall Einzug gehalten hat und in der es fast überall so aussah wie hier. Wir kommen in einen Lebensraum, den wir uns manchmal nicht nur für Juist wünschten, in eine Welt ohne Eile, ohne Lärm und auch ohne Überfluss. Pferde ziehen Kutschen, Menschen fahren mit dem Fahrrad oder gehen zu Fuß. Mehr Alternativen zur Fortbewegung gibt es nicht und zu unserem Erstaunen fehlen sie uns auch nicht.

Juist hat einen ganz eigenen Rhythmus, den wir gerne auf uns wirken lassen, den wir mit der Zeit sogar verinnerlichen, um dann wie selbstverständlich in Resonanz zu treten. Alles geht langsamer von statten und Eile wird zum Fremdwort. Die allgegenwärtige Natur, die fehlende Ablenkung und die fast schon zelebrierte Langsamkeit sind es, die wohltuend wirken und uns innerlich ruhiger werden lassen. Hier finden wir zu uns selbst zurück und wir finden Frieden, einen Frieden der, wenn wir die Welt heute betrachten, uns immer mehr Abhanden zu kommen scheint.

Die Natur prägt und bestimmt das Leben auf Juist und wir können uns an ihr nicht satt sehen, so viel hat sie zu bieten. Wo man geht und steht Meer, Strand, Dünen und der Himmel über uns. Ablenkung gibt es keine. Wer diese sucht, wird nicht fündig werden. Juist lädt ein zum inneren Rückzug und zur Besinnung auf das Wesentliche. Unser Alltag tritt mit der Zeit immer mehr in den Hintergrund und verliert die Bedeutung, die er sonst für uns hat. Nach und nach schalten wir ab, klinken uns einfach aus. Nach ein paar Stunden finden wir dann schon den ersten Sand in unseren Schuhen. Wir sind endlich wieder hier, wir spüren ihn wieder!

Doch dieser offensichtliche Stillstand täuscht. Die Insel ist ständig in Bewegung. Das Meer und der Wind verändern sie permanent. An der einen Stelle wird Sand abgetragen und an anderer von Wind und Wasser wieder angesiedelt. Jede Sturmflut hinterlässt sichtbare Spuren. Alles wandelt sich und nichts bleibt für immer. Dies sollte Anlass genug für uns sein, hier auf der Insel über uns und das Leben nachzudenken. Über das, was wichtig ist und was ein Leben lebenswert macht. Denn nichts bleibt wie es ist und nicht einmal wir selbst bleiben über die Zeit hinweg die gleichen.

Sie geben den Takt vor

Juist ist ohne Pferde nicht vorstellbar. Sie sind es, die das Tempo auf der Insel vorgeben und sie sind es auch, die den Juist-Zauber damit erst ermöglichen. Rund 100 Pferde geben auf Juist den Takt vor. Tagein, tagaus transportieren sie alles, was es zu transportieren gilt und auch als Bus oder als Taxi sind sie unterwegs. Mit einer nicht aus der Ruhe zu bringenden Gelassenheit bewegen sie sich auf den Juister-Straßen. Überall sind sie anzutreffen und wenn sie nicht arbeiten, sind sie auf den Hellerwiesen zu sehen. In Gruppen oder einzeln teilen sie sich diesen Lebensraum mit Möwen und anderen Wildvögeln, die im Wattenmeer leben oder hier nur Rast machen. Ihre vermeintliche Freude, ob des Freiraumes in unberührter Natur, lassen sie zuweilen freien Lauf.

Uns versetzt ihre Gegenwart in eine Vergangenheit, in der das Auto noch nicht erfunden war und die Menschen auf die Kraft der Pferde angewiesen waren. Wir alle kennen diese Zeit nur aus Büchern und aus Filmen und dennoch fühlen wir uns ihr verbunden, weil diese langsamere Lebensweise wohl dem menschlichen

Naturell mehr zu entsprechen scheint als die Lebensumstände, in denen wir heute leben.

Viele Pferdestärken sind beeindruckend, aber eine oder zwei berühren uns und bewirken, dass wir uns ihrem Rhythmus nach geraumer Zeit anzugleichen suchen. Die behutsame Art sich zu bewegen, spricht an. Anfangs nehmen wir sie nur am Rande wahr, zu sehr sind wir noch in unserem Lebensstil verhaftet. Wenn sich dann auch bei uns die ersten ruhigeren Momente einstellen, wenn wir anfangen auch einmal innezuhalten, dann geschieht etwas mit uns. Die Ruhe und die Gelassenheit, mit der sich diese Pferde bewegen, wirkt sich auf uns aus. Ganz sachte ergreift sie Besitz von uns, so wie das auflaufende Wasser langsam aber stetig sich den Strand erobert. Immer ein wenig mehr geben wir uns dieser Stimmung hin, bis wir uns ganz ihrem Tempo angeglichen haben und im gleichen Takt mitschwingen. Wir brauchen selbst nicht viel dafür zu tun, außer dass wir wieder mehr darauf achten, was um uns herum geschieht, als immer nur an uns selbst zu denken. Wenn uns das gelingt, dann erleben wir in diesen Momenten, was Juist in uns bewirken kann: Beruhigung!

Aber es sind nicht nur einfach Pferde. Es sind vor allem Kaltblüter. Große Köpfe, wallende Mähnen, muskulöser und kräftiger Körperbau, zuweilen große Hufe und stark behaarte Fesselgelenke. Die Fellfarben changieren von weiß über braun bis schwarz, wobei die Mähne und die Fesseln auch einen anderen Farbton annehmen können. Der farblichen Vielfalt dieser majestätisch wirkenden Pferde sind keine Grenzen gesetzt. Manche von ihnen tragen zudem noch ein prachtvolles Geschirr, was sie noch würdevoller erscheinen lässt. Diese imposanten und kraftvollen Tiere, die sogar das Doppelte ihres eigenen Körpergewichts ziehen können, sind obendrein noch arbeitswillig, gutmütig, gelehrig aber vor allem auch robust.

Charakterlich sind sie eher ausgeglichen und so schnell bringt sie nichts aus der Ruhe. Ihre fast zur Schau getragene Gelassenheit ist gut zu beobachten, wenn es turbulent auf den Juister-Straßen zugeht. Dies ist zwar nicht oft der Fall, aber wenn ein Schiff ankommt oder eines ablegt, dann wird es schon mal hektisch rund um den Kurplatz. Wenn es dann in der Wilhelm- oder in der Strandstraße zu Stau kommt, weil Fußgänger, Fahrradfahrer und Pferdefuhrwerke sich die engen Straßen teilen müssen, dann sollten wir einmal innehalten und das quirlige Schauspiel beobachten. Keiner von uns bewegt sich wirklich rücksichtsvoll im Straßenverkehr. Fußgänger überqueren spontan die Strasse, ohne nach rechts oder links zu schauen; Fahrradfahrer sind zu halsbrecherischen Kehrtwendungen fähig oder stellen mal gekonnt – häufiger jedoch weniger gekonnt – ihre Fahrräder am Straßenrand ab. Jeder bewegt sich ein bisschen wie er will, aber sich immer in Sicherheit wiegend, hier in einem geschützten Raum zu agieren, weil es keine Autos gibt. In diesem von Lebendigkeit geprägten Durcheinander versuchen nun besonnene Kutscherinnen und Kutscher ihre Pferdefuhrwerke durch das Gewirr zu manövrieren. Es ist schwer zu glauben, aber es gelingt! Was auch um sie herum geschieht, die Pferde bleiben ruhig. Gleichmütig folgen sie den für uns kaum wahrnehmbaren Anweisungen vom Kutschbock aus, die sie geschickt und sicher durch das Gedränge fortkommen lassen.

Dabei ist das gleichmäßige Geklapper der Pferdehufe, wie sie in ihrem unverkennbaren Rhythmus auf das Juister-Pflaster treffen, Musik in manchem Ohr. Es erinnert uns immer wieder daran, das eigene Tempo zu hinterfragen, vielleicht sogar zu drosseln und dafür muss man die Pferde nicht einmal sehen. Es reicht schon, wenn sie zu hören sind. Bei guten Windverhältnissen ist das Pferdegetrappel auch am Strand oder in den Geschäften, den Restaurants aber auch in den Kirchen wahrnehmbar. Ganz sanft dringt es dann ins Ohr. Nur wenn die Pferdefuhrwerke die Strandstraße Richtung Kurhotel fahren, dann müssen sie mit Schwung hoch zur Düne kommen. Ungefähr auf der Höhe von Tiemanns geht es los. Ein Spektakel sondergleichen lässt sich beobachten, wenn die Pferde ihr ganzes Können dem Zuschauer zum Besten geben. Es fasziniert, mit welcher Kraft und Stärke diese Tiere die Lasten ziehen und wie harmonisch es sich dennoch anhört, wenn sie aus dem Schritt in den Trab fallen und die Hufe im schnellen Rhythmus auf das Pflaster treffen. Wenn dann noch die vollen Mähnen im Takt des fast leichtfüßigen Trabens mitschwingen, dann wird es einem bewusst, warum sie Teil des Juist-Zaubers sind. Und es reicht schon eine Pferdestärke aus, um von ihnen verzaubert zu werden.

Mit eigener Kraft

Wie die Pferde sind auch die vielen Fahrräder von Juist nicht wegzudenken. Man bringt das eigene Rad mit oder man leiht sich eines aus. Die Leihräder aber unterscheiden sich erheblich von unseren eigenen Hightech-Bikes, denn sie bieten keinen Komfort. Eine einfache Gangschaltung mit Gängen, die meist noch im einstelligen Bereich liegen, einem schlichten, aber nicht immer unbequemen Sattel, auf Wunsch einen Korb am Lenker oder auf dem Gepäckträger. Licht vorne und hinten und gegen Entwendung reicht ein einfaches kleines Fahrradschloss, welches noch am Rad selbst angebracht und mit einem Schlüssel abzuschließen ist. Fahrradhelme tragen nur Kinder und hautenge Fahrradkleidung trägt keiner. Was für ein erholsamer Anblick für ein auf Ästhetik ausgerichtetes Auge!

Auf Juist fahren wir mit dem Fahrrad nicht aus einem Fitnessgedanken heraus, sondern um von A nach B zu gelangen und wer nicht fährt, der läuft und das bei jedem Wetter. Öffentliche Verkehrsmittel gibt es nicht. Nur wenn ein Schiff erwartet wird oder eines ablegt, dann fährt der Inselbus, der natürlich nur so heißt und selbstverständlich auch von Pferden gezogen wird.

Egal wie das Wetter ist, wir sind ihm ausgesetzt. Der Regen ist das eine, aber der Wind ist es, der uns das Fortkommen erheblich erschweren kann. Meist weht der Wind aus westlicher Richtung, aber auch aus dem Osten, dem Norden oder dem Süden kommt er manches Mal. Eigentlich ist es egal woher er weht, irgendwann macht er sich als Gegenwind bemerkbar, sodass wir ihn einfach nicht mehr ignorieren können. Die Wege auf Juist sind zwar kurz und wenn man eine Weile in die eine Richtung gefahren ist, muss man unweigerlich wieder zurück und dann ist seine Präsenz mehr als deutlich zu spüren. Ganz windstill ist es eher selten und ohne Wind können wir uns die Insel auch nicht vorstellen. Imposante Wolkengebilde bewegen sich dank seiner über die Insel hinweg. Der Wind zeigt, dass die Natur für uns nicht beherrschbar ist und wir uns vor ihr nicht verstecken können. Aber zurück zum Fahrradfahren: Ist ihnen schon einmal aufgefallen, dass die Juister auch bei starkem Gegenwind noch entspannt auf dem Fahrrad sitzen und uns auch noch mit dem Lächeln auf den Lippen überholen, während wir uns vor Entkräftung eisern am Lenker festhalten, kaum vom Fleck kommen und den Wind innerlich verfluchen? Auch hier würde es uns mehr als guttun, unser Umfeld mehr im Blick zu haben, als immer nur stur unseren einmal eingeübten Verhaltensweisen zu folgen. Denn diese sind es, an denen wir festhalten und die uns nicht fortkommen lassen. So auch beim Fahrradfahren. Mit geradem Rücken, fast aufrecht, in würdevoller Haltung auf dem Sattel sitzend, ohne sichtbare Kraftanstrengung in die Pedale tretend, machen sie es uns Tag für Tag vor. Wir müssten es nur sehen wollen und es ihnen gleichtun, denn es scheint kein Geheimnis zu sein. Mit Kraft und Willen hat es nicht viel zu tun, es handelt sich schlicht und einfach nur um „Gewichtsverlagerung". Da war doch etwas! Langsam erinnern wir uns, als wir noch Kinder waren und unsere Fahrräder weder 20 Gänge noch einen Elektromotor hatten. Was haben wir getan, wenn es anstrengend wurde? Es war bestimmt kein krampfhaftes Festhalten am Lenker und auch kein kraftvolles in die

Pedale treten, denn dies hätte nur kurze Zeit etwas genutzt. Nein, wir sind stehend gefahren und haben dabei unser Gewicht verlagert. So konnten wir fast jedes Hindernis mühelos überwinden. Das Prinzip funktioniert auch bei Gegenwind und die Juister zeigen uns wie es geht. Es ist kein Hexenwerk!

Diejenigen von uns, die auf Juist zum aufmerksamen Beobachter werden, erschließt sich diese Verhaltensweise sofort. Die Juister widersetzen sich nicht der Natur, sie leben mit und in ihr. Ihr Verständnis für ihren Lebensraum, den sie mindestens so sehr schätzen wie wir, lässt sie nicht mit Kraft, sondern mit Physik auf die Naturgesetze antworten. Jedes Mal, wenn sie in die Pedale treten, verlagern sie ihr Gewicht und das führt zu leichten Schaukelbewegungen, die dem einen oder anderen von uns vielleicht schon aufgefallen sind, denen wir aber bisher keine Bedeutung beigemessen haben. Diese Bewegungen sind es, die sie dann förmlich an uns vorbei schweben lassen, während wir noch versuchen den Wind zu bezwingen.

Der respektvolle Umgang aller im Einklang mit der Natur, das ist das, was wir uns für unser zukünftiges Leben wünschen sollten und was uns auf Juist heute schon in vielerlei Hinsicht vorgelebt wird. Wir müssten nur etwas aufmerksamer hinschauen, um zu sehen!

44

Über die Zeit

Auf charmante Weise ist auf Juist die Zeit stehen geblieben oder – liebevoller gesagt – die Juister haben es mit viel Fingerspitzengefühl verstanden, es so aussehen zu lassen. Es gibt vieles, was sich seit Jahrzehnten nicht verändert hat. Gebäude und Wege aber auch Angewohnheiten und Verhaltensweisen haben die Zeit überdauert. Es ist wie eine Zeitreise in die Vergangenheit und jedes Mal, wenn wir die Insel betreten, holen uns Erinnerungen ein und wir werden ganz demütig. Der erste Moment auf der Insel ist für uns untrennbar mit nur einem Sehnsuchtsgedanken verbunden: Hoffentlich, hat sich auf Juist nicht viel verändert!
Eigentlich ist die Erkenntnis, dass vieles unverändert bleibt, befremdlich. Sind wir es doch nicht mehr gewohnt, dass etwas gleichbleiben kann oder darf. Altes hat nur noch einen Wert, wenn es wertvoll ist und ideellen Werten wird kaum noch Beachtung geschenkt. Der Zeitgeist der Moderne lässt Altes altmodisch und somit wertlos erscheinen. Auf Juist ist dies anders! Juist gehört zu den wenigen Orten, die sich über die Zeit hinweg treu geblieben sind und ist

diese Juister-Treue zu sich selbst nicht auch eines der Geheimnisse dieser Insel?

Aber was bedeutet schon „Zeit" auf Juist. Die Insel ist von den Gezeiten abhängig und somit nicht immer erreichbar. Meist gibt es täglich nur ein- bis zweimal Schiffsverkehr, mehr lassen Ebbe und Flut nicht zu. Auf einen Nenner gebracht teilt der Schiffsfahrplan der Frisia den Tag ein, in die Zeit wann ein Schiff ankommt und in die Zeit wann ein Schiff ablegt. Dazwischen haben wir viel freie Zeit, die von Beginn an schon begrenzt ist. Unser Abreisedatum steht fest und die Endlichkeit unserer Juist-Zeit lässt uns schon von Anbeginn sehr sorgsam mit ihr umgehen. Wir werden aufmerksamer und lassen diese – für uns so kostbare Zeit – nicht einfach verstreichen.

Sobald wir die Insel betreten verändert sich unser Empfinden für Zeit. Die Augenblicke im Moment sind es dann, die wir bewusst zu erleben suchen, die wir in Erinnerung behalten und die mit der Zeit unsere eigene Juist-Geschichte schreiben. Es sind nicht die Stunden die zählen, es ist unser Erleben der Gegenwart, deren Momente genau vor uns liegen. Nirgends gelingt es so gut wie hier, Zeit als Begegnung mit uns selbst, in Verbindung mit Gefühlen und Empfindungen zu bringen und Zeit dadurch für uns begreifbarer zu machen.

Auf Juist erleben wir uns in Momentaufnahmen und damit sind wir Teil des Zeitgeschehens. Die freie Natur lässt uns in unserer Freizeit ungebunden in der Zeit wandeln. Beim besinnlichen spazieren am Strand gehen wir mit der Zeit in der Zeit auf, weil wir uns selbst mit der Zeit erleben. Beim Spielen am Strand versinken Kinder im Geschehen der Zeit, wenn sie in ihrer Phantasiewelt leben. Auf dem Kurplatz vergessen wir den Lauf der Zeit, wenn wir gespannt den Klängen der Musik unter freiem Himmel lauschen oder den Kindern am Schiffchenteich zuschauen. Unser Gefühl für Zeit verlieren wir schon mal bei einer Fahrradtour über die Insel und Pferde erinnern uns immer wieder an sie.

Nach einer gewissen Zeit nehmen wir das „Ticken" unserer inneren Uhr nicht mehr wahr, weil wir in unserer Juist-Zeit angekommen sind.

Ein besonderes Gefühl von Zeit erleben wir im Hafen, wenn wir uns aufeinander freuen oder voneinander Abschied nehmen. Abreisende bringen wir zum Schiff und Ankommende erwarten wir sehnsüchtig. Es selbst zu erfahren oder anderen dabei zuzuschauen, wie sie sich in diesen Momenten begegnen, führt uns die Kostbarkeit des Augenblicks vor Augen, den wir in unserem Alltag so oft verstreichen lassen. Das Warten auf das Schiff hat bei all dem Abschiedsschmerz auch etwas Schönes, weil wir diese Zeit gemeinsam mit anderen verbringen. Wir schließen uns in die Arme, halten uns fest, wir lachen, reden, beteuern uns ganz bestimmt im nächsten Jahr wiederzukommen und bei all dem würden wir am liebsten die Zeit anhalten.

Auf Juist werden wir Teil der Zeit. Wir leben in ihr und nicht nur mit ihr. Hier können wir dem Zeithaben noch etwas abgewinnen und erkennen den Wert, den es hat, mal nichts tun zu müssen, weil es nichts gibt was getan werden müsste. Wer auf Juist sich mit der Zeit selbst aushalten kann, ohne Einsamkeit und Langeweile zu empfinden, der wird Zeit für sich als einen Raum wahrnehmen, der auf Juist erfahrbar wird.

So fern und doch so nah

Da wo Himmel und Meer sich am Horizont vereinen und sich der Strand im Nirgendwo verliert, kommen wir dem Juist-Zauber sehr nah. Siebzehn Kilometer liegen vor uns und soweit das Auge reicht nur Sand. Die Länge und die Breite, die bei Ebbe ungeahnte Ausmaße annehmen kann, erregen unsere Aufmerksamkeit und wir bleiben stehen, den Blick können wir erst einmal nicht mehr abwenden. Strand und Meer dehnen sich vor uns aus. Das schmale Eiland trotzt hier den Wellen und trennt die Nordsee vom Wattenmeer.

Diesen überwältigenden Anblick erwartet man nicht, wenn man im Hafen ankommt. Hier am Strand trifft die Nordsee auf Land. Mal gewaltig, mal sanft überspülen Wellen die nicht enden wollende Weite. Im Spülsaum bleiben Muscheln, Seetang und all das zurück, was das Meer mit sich bringt und was es sich meist auch wieder zurückholt. Ständig verändern Ebbe und Flut den Strand. Immer wieder zeigt er sich anders und nie ist er gleich. Zwischen Dünen und Meer angeschwemmt und oft auch wieder zurückgeholt ist dies kein sicheres

Land, dennoch zieht es uns an, es scheint uns nahe zu gehen.

Wenn uns nichts mehr hält und wir die Düne hinunter durch den weichen Sand Richtung Meer laufen, bleiben wir erst wieder stehen, wenn das Wasser genau vor uns liegt. Hier am Ende der Welt, wo es nicht mehr weiter geht, halten wir inne und kommen erst einmal an. Das Meer trennt und bis zum Horizont nur Wasser. Diese Weite ist ein Fest für unsere müden Augen und so manch unruhige Seele.

Hier am Strand bekommen wir Lust darauf uns zu bewegen, wir laufen los. Im Sand finden wir Fußspuren, denen wir folgen aber auch unberührtes Neuland fordert uns auf, selbst Spuren zu hinterlassen. Mancherorts verschlingt uns Treibsand, von dem wir uns gerne und mit Genuss in die Tiefe ziehen lassen. Der Sand der unsere Füße und Waden umschließt und uns langsam einsinken lässt, gibt uns ein Gefühl von Halt, bis wir uns befreien und weiterlaufen. Mal ist der Sandboden hart, mal weich, trocken oder nass, ganz sauber oder bedeckt mit allem, was die Nordsee hier zurücklässt. Bei Ebbe ist der Strand so breit, dass er sich wie eine Wüstenlandschaft vor uns auszudehnen vermag und das Meer in weite Ferne rückt, bis es kaum noch zu sehen ist. Das Wasser, welches bei Ebbe an Land zurück bleibt sammelt sich in Prielen, in denen das Leben dann so lange weiter geht, bis die Flut wiederkommt. An manchen Tagen laufen wir von Priel zu Priel oder waten durch sie hindurch, bis diese Seenlandschaft auf Zeit wieder ganz von der Nordsee verschlungen wird.

Meist zieht es uns jeden Tag an den Strand und bei schönem Wetter sind alle da. Dann beziehen wir mit all dem, was wir noch tragen können bunte Strandkörbe. In Wassernähe bauen wir Strandmuscheln auf, um nicht so weit laufen zu müssen und unsere Badetücher legen wir nebeneinander in den Sand in der Hoffnung, dass sie lange sandfrei bleiben. In der Brandung laufen wir kilometerweit oder suchen Muscheln und bei etwas mehr Wind lassen wir Drachen steigen. Zur Badezeit gehen wir baden, auch wenn wir nur bis zu den Knien im Wasser stehen. Hier am Strand erleben wir ein Gefühl von Gemeinschaft und dies ist mehr als nur die Zeit, die wir mit anderen verbringen. Und wir nehmen uns auch Zeit, Zeit zum Lesen. Hier lesen wir ganze Bücher, die wir schon im

Gepäck mitgebracht haben oder Urlaubslektüre, die wir immer erst auf Juist kaufen. Nur ein paar Meter von den Badezonen entfernt ist der Strand schon menschenleer. Hier können wir alleine sein, ohne uns einsam fühlen zu müssen und hier würden wir am liebsten Wurzeln schlagen, um einfach nur da sein zu können. Unseren Blick zieht aber immer wieder das Meer auf sich. Ohne Zeit zu empfinden schauen wir zu, wie sich die Nordsee das Land erobert oder wie sie sich wieder zurückzieht.

Bei all dem sind wir von feinem Juister-Sand umgeben. Unsere Hände vergraben wir in ihm und lassen den Sand durch unsere Finger rinnen. So banal das klingen mag, aber der Sand der durch unsere Finger rinnt macht Zeit sichtbar. Unsere Wahrnehmung, unsere Gedanken und unsere Emotionen verschmelzen im Strom des Augenblicks. In solchen Momenten melden sich alle unsere Sinne zurück. Wir verlieren jegliches Gefühl für Grenzen, wir fühlen uns ungebunden, fast frei. Das Rauschen des Meeres drängt alle anderen Geräusche in den Hintergrund und das, was dann noch übrig bleibt ist Ruhe, die uns innerlich beruhigt.

Wohin wir auch gehen oder was wir auch tun, wir sind von einem Zauber umgeben, der trotz der Weite uns UNS näher zu bringen scheint. Darum könnte es vielleicht gehen!

Suchen und Finden

Menschen, die Muscheln suchen unterscheiden sich von Strandbesuchern, denn sie schlendern nicht einfach nur so über den Strand, ohne dass so Naheliegende wahrzunehmen. Sie schauen immer ein wenig ernst, ihr Gesichtsausdruck ist offen und der Blick nach langen Jahren der Suche geschult und konsequent nach unten gerichtet. Ihr ungeteiltes Interesse gilt ausnahmslos dem, was das Meer am Strand zurücklässt. Beim bedächtigen Abschreiten des Strandes geraten sie in einen Zustand der Selbstvergessenheit, der alles um sie herum verblassen lässt. Bleiben sie dennoch stehen, dann schauen sie orientierungslos in die Weite, denn in Gedanken sind sie ganz bei sich und bei dem was sie gerade tun. Oft treten sie alleine oder in Kleinstgruppen auf, allerdings nicht selten mit gehörigem Abstand, denn jeder hat ja Anspruch auf ein eigenes Terrain. Mit leicht nach vorne gebeugtem Oberkörper laufen sie gemächlich und manchmal gar in Zeitlupe über den Strand. Einen Schritt nach dem anderen und von Muschelfeld zu Muschelfeld bewegen sie sich Meter für Meter vorwärts.

Der genau vor ihnen liegende Strandabschnitt wird regelrecht abgesucht. Die laut rauschende Meeresbrandung bemerken sie oft erst, wenn sie schon fast mit den Füßen im Wasser stehen. Ihre Umgebung nehmen sie nur noch bedingt wahr, so versunken sind sie. Ab und zu bückt sich einer, um die gefundene Muschel aufzuheben und aufmerksam von allen Seiten zu betrachten. Schnell steht für den Kenner fest, ob der Fund einen Wert in sich birgt oder ob er dem Meer wieder zurückgegeben werden kann. Wertloses wird achtlos fallengelassen, wohingegen echte Fundstücke eingesteckt werden.

Die Freude behält der Muschelsucher meist für sich. Nur ein Lächeln auf den Lippen verrät ihn. Bei genauer Betrachtung des Strandes überrascht die Vielfalt, die die Nordsee aus ihren Tiefen mit sich bringt. Ein genaues Hinschauen lohnt sich alle mal. Die Muschelfelder sind übersät mit Herz-, Teppich- und Schwertmuscheln, mit Sandklaff-, Trog- und Tellermuscheln, Mies- und Bohrmuscheln, Strahlenkörbchen, Baltischen Plattmuscheln, Sägezähnchen, Pazifischen Austern, Wellhornschnecken und mehr und nicht zu vergessen, die zurückhaltende Venusmuschel, deren zarte

Schönheit sich nur demjenigen eröffnet, der sie zu erkennen weiß.

So schön das Finden auch sein mag, aber beim Muscheln suchen geht es nicht darum, etwas zu finden. Vielmehr erleben wir das Suchen selbst als eine Bereicherung, als eine Verschmelzung unserer Innen- mit der Außenwelt. Man nennt das Flow!

Eine Kultur der Stille

Erst dann, wenn wir den Strand und das Meer sehen, sind wir angekommen. Oben auf der Düne stehend und in die Ferne blickend, erfahren wir Weite und der Wind lässt alle anderen Geräusche verstummen. Hier geht uns das Herz auf und es wird still in uns. Das was wir sonst eher weniger können, fällt uns jetzt leicht. Wir stehen da und tun nichts. Unsere Sinne sind wieder zurück und wir nehmen wahr, was um uns herum geschieht. Für Eindrücke werden wir empfänglich und sie strömen förmlich durch uns hindurch.

Wir erfahren Stille und werden dabei innerlich ruhig. Diesen Moment erlebt jeder für sich und ganz individuell, aber immer wird es in uns still. Lässt uns der Juist-Zauber nicht los, weil wir unsere Sehnsucht nach Ruhe hier auf Juist immer noch stillen können? Ist diese Stille, die wir in uns wahrnehmen eine „Kultur der Stille", die hier auf der Insel erfahrbar ist. Ist es das, was wir immer wieder ersehnen und Jahr für Jahr auf Neue zu finden hoffen?

Die Philosophiegeschichte zeigt, dass „das Mensch sein" darin besteht, sich mit dem eigenen Ich auseinanderzusetzen – und dafür braucht es Ruhe. Ist also das, was Juist nicht bietet und was nicht da ist, genau das, was wir eigentlich suchen – eine Kultur der Stille in der wir ruhiger werden können? Ist das Fehlen eines tages- und nachtfüllenden Unterhaltungsprogramms genau das, was uns anzieht? Auf Juist brauchen wir nicht viel und zu unserem Erstaunen fehlt uns auch nichts. Der Unterhaltungsüberfluss in unserem Alltag lenkt uns ab und entfremdet uns zusehends von uns selbst. Diese „Kultur der Ablenkung", in der wir sonst leben, gibt es nicht auf Juist. Hier merken wir erst wie kräftezehrend sie ist und das „Spaßhaben" anstrengend werden kann, wenn es dem Konsumprinzip folgt.

Auf Juist gibt es fast nur Natur und davon aber viel. Der Strand, das Meer, die Dünen, das Watt, die Pferde, die Tiere des Wassers, die Vögel in der Luft und die Weite des Himmels. Die Natur ist hier ständig in Bewegung und nie zeigt sie sich gleich. Nur wer in der Stille Ruhe erfahren kann, wird sehen was vor sich geht. Die Natur fordert uns auf zum Beobachter zu werden. Sie lenkt unsere Aufmerksamkeit auf sich und lässt uns dabei uns selbst betrachten.

Außer Natur gibt es also nicht viel auf Juist und das, was es dennoch gibt, wird noch durch Ruhezeiten eingeschränkt, die von März bis Oktober inselweit gelten. Von eins bis drei ist Mittagspause und die Nachtruhe beginnt bereits um neun und endet erst am nächsten Morgen um acht. Das bedeutet, dass mittags die wenigen Geschäfte auch noch schließen und man selbst mitten im Ort Stille erleben kann und abends sind die Straßen wie leergefegt. Wer also Ruhe in der Stille sucht, wird sie auf Juist fast überall finden.

Auf Juist tanken wir auf, erholen uns oder laden wahlweise auch unsere Batterien wieder auf für das, was wir unser „normales" Leben nennen. Aber in welchem sinnentleerten Wahnsinn bewegen wir uns eigentlich, dass wir schon damit zufrieden sind, immer mal wieder Zeit auf Juist verbringen zu können, fern ab von all dem was uns von uns selbst ablenkt?

Wäre es nicht endlich an der Zeit daraus Schlüsse zu ziehen, den eigenen Lebensstil zu überdenken und die Pendelbewegung zwischen Leistung und Konsum zu durchbrechen? Wir ahnen und vielleicht wissen wir auch genau, dass etwas in die falsche Richtung läuft, denn sonst würde der Juist-Zauber nicht so auf uns wirken.

Juist lehrt uns mit all seiner Schlichtheit, dass eine „Kultur der Stille" genau das ist, was uns fehlt und Juist fordert uns geradezu heraus, mit uns selbst alleine sein zu können, ohne uns aber einsam fühlen zu müssen, denn dafür ist die Insel zu klein und die Gemeinschaft der Juist-Liebhaber zu groß. In dieser einzigartigen „Kultur der Stille", die wir auf Juist heute noch erleben dürfen, können wir unsere innere Stimme wieder hören, weil es nichts gibt, was sie übertönen könnte.

Kommen und Gehen

Ein kilometerlanger Sandstrand und bis zum Horizont nur Wasser. Da liegt sie nun genau vor uns, die Nordsee. Mal zeigt sie sich einladend, mal abweisend, mal ganz in sich zurückgezogen und zuweilen verstörend heftig. Das Licht der Sonne verändert ihren Anblick wie der Wind, die Strömung und der Mond, dem wir Ebbe und Flut zu verdanken haben.

Manches Mal gleicht es einem Naturschauspiel, wenn die Nordsee sich ungestüm zeigt. Mit geballter Kraft nähert sie sich dann dem Strand. Wellen türmen sich auf, bis sie in sich zusammenbrechen. Alles was sich ihnen in den Weg stellt, überspülen sie oder reißen es gar mit sich fort, bis es irgendwann nicht mehr weiter geht und sie sich zurückziehen. Welle für Welle entfernt sich dann das Meer, um bald darauf wiederzukommen. Der Rhythmus des Kommens und Gehens bleibt dabei immer gleich. Nur die Intensität verändert sich, wenn Flut zu Ebbe oder Hoch- zu Niedrigwasser wechselt. Fast unbemerkt geht dies vonstatten und dann erobert sich die Nordsee immer weniger Land. Fast alles was sie zuvor mitgebracht hat, nimmt sie Welle für Welle wieder mit sich zurück. In Prielen bleibt Meerwasser zurück. Krabben, Einsiedlerkrebse und Granat versuchen auf ihre Weise zu überleben, bis die nächste Flut kommt, die sie wieder befreit.

Die Nordsee kann aber auch ganz friedlich sein. Wellen gibt es dann fast keine und wenn wir es nicht besser wüssten, dass es sich um ein Meer handelt, dann wäre der Vergleich mit einem See naheliegend. Aber dennoch, trauen sollten wir ihr nie, sie ist immer mit Vorsicht zu genießen und schwimmen kann man in ihr nicht, man badet. Natürlich nur zu den offiziellen Badezeiten und am bewachten Badestrand, der von orangefarbenen Stangen gekennzeichnet ist, die bei Ebbe kaum vom Wasser erreicht und manches Mal nur wenig umspült werden. Nur die Wenigsten gehen baden und lange halten es nicht viele aus.

Und die frische Meeresluft ist nirgends so gut wie hier. Der Wind presst salzhaltige Luft in unsere Lungen, die sich sogleich im ganzen Brustkorb bemerkbar macht. Alle Lungenbläschen füllen sich und bei jeder Einatmung richten wir uns innerlich auf. Hier tun wir es wieder bewusst – atmen!

Aber auch das Meeresrauschen lässt uns am Strand verweilen. Es ist ein Geräusch, dass uns zu beruhigen vermag und dem wir nicht zu entrinnen versuchen. Das Tosen der Brandung oder das Rauschen des Meeres ist am Strand nicht zu überhören. Ohne Umwege dringt es in uns ein und lässt alles andere verstummen. Den Motor, der uns sonst antreibt, nehmen wir nicht mehr wahr, weil jede neue Welle Leichtigkeit in uns hineinspült und Ungutes von uns wegreißt. Wir lassen uns mitreißen und schwingen mit. Fast unbemerkt mischt sich Möwengeschrei mit ein. Wilde Leidenschaft und pure Entspannung lösen sich ab. Ein Kommen und ein Gehen, welchem wir nie müde werden zuzuhören.

Das Meer scheint unserem Lebensrhythmus sehr ähnlich zu sein. Es trägt uns weg, es macht uns ruhig und es gleicht aus. Auch wenn es zuweilen sehr laut sein kann, trägt auch dies dazu bei, dass wir unsere innere Stimme wieder hören können.

Nicht nur für Insulaner

Am Juister-Strand findet sich fast alles. Schätze des Meeres, Unnützes oder ganz einfach nur Müll. Oft sind es Dinge, die achtlos fallen gelassen werden, verloren gegangen sind, keinen Wert mehr haben und von wem auch immer nicht mehr gebraucht werden. Man entledigt sich ihrer und das eine oder andere landet irgendwann im Meer, um uns dann wieder zu Füßen zu liegen. Ein Kreislauf, der nicht einfach so passiert. Wir sind es, die ihn mitverantworten und mit unserem Lebensstil auch mitgestalten.

Nützliches wird von Insulanern als Strandgut bezeichnet und mitgenommen. In früheren Jahrhunderten war die Inselbevölkerung darauf angewiesen, das zu nutzen, was sie am Strand fanden. Treibholz wurde als Brennholz genutzt und oft trug das, was am Strand gefunden wurde, nicht unerheblich zum Lebensunterhalt bei. Heute wird Treibholz nicht mehr nur verbrannt, es wird zu kunstvollen Dekorationsgegenständen umgestaltet. Bojen, Schiffsmasten und Anker finden sich in den liebevoll gepflegten Gärten auf der Insel wieder. Mit den

Jahren hat sich so mancher Vorgarten zu einem kleinen Freilichtmuseen entwickelt, die es unbedingt vom Zaun aus zu bestaunen gilt. Umgeben von gepflegten grünen Rasenflächen und eingesäumt von prachtvoll blühenden Hortensienbüschen liegen oder stehen sie da, wie stumme Zeugen ihrer Zeit. Zeit wird hier erlebbar. Die Geschichten dahinter bleiben uns aber verborgen. Was wissen wir schon, welche Ereignisse hinter diesen Zeugnissen des Meeres stehen! Unserer Phantasie sind dabei keine Grenzen gesetzt und Fragen dürfen wir uns stellen. Woher mag es wohl kommen? Wie kam es dazu, dass es ins Meer gelangen konnte? Wie lange trieb es wohl schon im Meer, bis es endlich angespült wurde und wie kam es wohl in diesen Garten? Fragen über Fragen, die zum Teil für immer unbeantwortet bleiben. All diese Fundstücke sollten uns aber daran erinnern, dass die Nordsee unberechenbar ist und so manches Schicksal von ihr schon besiegelt wurde.

Aber auch auf uns hat Strandgut eine magische Wirkung. Der Strand ist flach und nichts stört den weiten Blick. Sehen wir aber etwas in der Ferne auf dem Strand liegen, dann laufen wir schon mal weiter als wir eigentlich wollten. Die Neugier und der Glaube daran, etwas Großes in der Ferne gesehen zu haben, treibt uns an. Wir können nicht anders. Auf dem oft langen Weg dorthin verlieren wir uns in Raum und Zeit. Das klingt paradox. Wir finden etwas und verlieren uns dabei selbst. Wenn dies auch nur für einen Moment, aber wir verlieren uns, so sehr ist unsere Aufmerksamkeit auf das gerichtet, was wir erreichen möchten. Aufgeben und umkehren kommt nicht mehr in Frage, bis wir es mit eigenen Augen aus der Nähe betrachtet haben. Der Weg scheint hier das wirkliche Ziel zu sein, denn meist sind wir mal mehr oder mal weniger enttäuscht, dass es nicht das ist, was wir uns insgeheim erhofft haben.

Aber es gibt auch noch Unliebsames am Strand zu finden und bei genauer Hinsicht begegnen wir den Zeichen unseres Lebensstils: Müll. Die Kurverwaltung hat dafür Gitterboxen aufgestellt, in denen wir das entsorgen können, was wir am Strand gefunden haben. Es ist unglaublich, was in diesen Boxen alles Platz findet. Orangefarbene Gummihandschuhe, einzelne Schuhe und nie Paare, vereinzelt Kleidungsstücke, Glas- und Plastikflaschen, Dosen für Lack,

Farbe und Getränke, Plastikkanister, Holzbretter und Balken in jedweder Ausführung, Seil- und Netzteile, jede Menge Glasscherben, oft schon mit abgeschliffenen Kanten, die in allen Farben erstrahlen und unzählige Plastiktüten und Kleinteile. Juist, unser Zufluchtsort, ist diesem Unrat ausgesetzt. Nichts davon sollte im Meer landen, aber der Kreislauf von Ebbe und Flut bringt alles wieder zum Vorschein und fast nichts geht für immer verloren.

Früher oder später müssen wir darüber nachdenken, welchen Anteil wir daran tragen, denn es sind nicht immer nur die anderen Schuld. Auch unseren Verpackungsmüll, den wir an den Strand tragen und bewusst oder auch unbewusst fallen lassen kommt irgendwann wieder zum Vorschein. Wir alle müssen umdenken, einfach und bequem war gestern. Heute müssen wir uns schon mal bücken, wenn jeder von uns „sein Juist" so erhalten haben möchte, wie es eigentlich sein sollte.

76

Wie viele Jahre kommen Sie schon?

Dies scheint eine unverfängliche Frage zu sein. Der Schein trügt und ganz besonders wenn diese Frage auf Juist gestellt wird. Sie ist nicht einmal im Ansatz als harmlos zu bezeichnen, sie ist heimtückisch und entlarvt die Gesprächspartner zugleich. Der bevorstehenden Geringschätzung kann kaum noch entronnen werden und sie wird einen den ganzen Urlaub über begleiten, denn die Insel ist zu klein und man trifft sich immer wieder, also aufgepasst!

All diejenigen, die das erste, zweite, dritte oder auch das vierte Mal auf Juist Urlaub machen, sollten dieser Frage so lange wie möglich aus dem Weg gehen und noch wichtiger, sie auf keinen Fall selbst stellen. Das Risiko ist zu groß, dass die Gefragten schon zigmal auf der Insel waren und somit die „älteren Rechte" haben und genau darum geht es. Viele führen die Tradition des Juist-Urlaubs konsequent und Jahr für Jahr fort. Das erstaunliche daran ist, dass diese Familientradition von Generation zu Generation entschlossen und ernsthaft weitergeführt wird. ganz nach dem Motto „einmal Juist, immer Juist". Ab dem fünften Urlaub auf der Insel erfolgt dann unmerklich eine Aufwertung. Wir dürfen mitreden. Ab dem zehnten Urlaub gehören wir zum erweiterten und ab dem fünfzehnten zum inneren Kreis der Juist-Kenner. Wer zwanzig und mehr Urlaube auf Juist nachweisen kann, gehört zur Insel-Elite. Diese Platzierung kann nur noch durch ganz wenig erschüttert werden. Die Spitze des Eisberges ist aber immer noch nicht erreicht. Dreißig oder vierzig Mal sind auch keine Seltenheit. Die Skala nach oben ist offen. Es gibt Insel-Fetischisten, die sich ein Leben ohne Juist gar nicht mehr vorstellen können und jede Möglichkeit nutzen, um Zeit auf Juist verbringen zu können und dass oft auch mehrmals im Jahr.

Die meisten Gespräche unter Fremden beginnen fast immer gleich. Sie folgen einer Logik, die von allen unbewusst übernommen wird. Zu Gesprächsbeginn reden wir über das Wetter, anschließend wird die Schönheit der Insel in höchsten Tönen gelobt und mit der Randbemerkung, wie gut man sich schon erholt habe unterstrichen. Daraufhin erklärt eine der beiden Gesprächsparteien, aus welchem Bundesland sie angereist ist. Nun wird das Gespräch auf eine persönliche Ebene gehoben. Die Nachfrage, ob wir schon in der kalten Nordsee baden waren und ob der Rosinenstuten auf der Bill auch dieses Jahr wieder geschmeckt hat, führt nun zum eigentlichen Kern der Angelegenheit. Diese Eingangsfragen, die unweigerlich auf DIE entscheidende Frage hinzielen, gilt es richtig einzuordnen. Beide wollen unabhängig voneinander herausfinden, wie viele Jahre der andere schon nach Juist kommt. Jetzt kann es unangenehm werden und wenn wir selbst mit nichts mehr aufzuwarten wissen, dann ist der Moment gekommen, an dem wir uns besser verabschieden sollten. Denn als „Neuling" kann man jetzt nur das Gesicht verlieren! Wenn sich also bis zu diesem Zeitpunkt noch nicht herauskristallisiert hat, wer die „älteren Rechte" auf Juist hat, dann wird sie jetzt gestellt, DIE alles entscheidende Frage: „Und wie viele Jahre kommen Sie schon nach Juist?" Nun ist die Katze aus dem Sack und auch wir müssen Farbe bekennen. Die Anspannung fällt ab. Egal wer diesen Wettstreit nun gewinnen wird, die Erleichterung ist da, das bisher gut gehütete Geheimnis wird endlich gelüftet. Das Wetteifern beginnt dann auch sogleich. Wenn die

Anzahl der Sommerurlaube nicht ausreicht, um beindrucken zu können, dann versuchen wir es damit, dass wir auch schon im Winter auf der Insel waren. Wenn dies immer noch nicht genügt, um Eindruck zu schinden, dann gibt es nur noch eine Trumpfkarte, die nicht jeder aus dem Ärmel ziehen kann: Die legendäre Inselbahn! Mehr geht nicht. Als Kind schon hier gewesen zu sein und die Inselbahn und die Aussprüche „oh wie blass und Hut ab" noch zu kennen, das ist unschlagbar. Damit kann man punkten und unter Umständen auch ein paar fehlende Jährchen wettmachen.

Allen „Neulingen" sei an dieser Stelle angeraten, sich nicht in diese Gespräche verwickeln zu lassen. Verabschieden sie sich freundlich nach den ersten Sätzen und warten sie ab, irgendwann ist jeder mal an der Reihe!

Unter uns

Juist ist eine Sandbank und kein festes Land. Alles ist nur auf Sand gebaut. Straßen und Wege sind nicht asphaltiert, es gibt nur Pflastersteine und rote Klinker unter uns. Ein Blick nach unten lohnt sich, immerhin stehen wir auf ihm und er trägt uns – der Boden – den wir meist erst bemerken, wenn er unter uns weggezogen wird.

Über die ganze Insel spannt sich ein historisch gewachsenes Straßen- und Wegenetz. Es sind alte Straßen und Wege, die heute noch gepflegt werden, denn viel Platz für neue Wege gibt es nicht. Nichts ist zu viel und manches verliert sich dabei schon mal im Sand. Pflaster und rote Klinker wechseln sich ab. Die Strandstraße ist dabei nur eines von vielen schönen Beispielen. Vom Kurplatz aus führt sie bis zum Hauptstrand. Bis zur Kreuzung Friesenstraße ist sie mit Pflastersteinen belegt. Auf der Höhe des Rathauses windet sie sich dann als roter Teppich bis ganz nach oben auf die Düne.

Das Rot der Klinkersteine leuchtet im Sonnenlicht und gewinnt mit jedem Sonnenstrahl an Intensität. Dabei wirkt es nicht nur als Gesamtkunstwerk, jeder Stein ist für sich schon eine kleine Welt. In Größe und Form nicht gleich, variieren auch die Farbnuancen. Breit oder schmal und von einem ganz hellen Rot bis zu einem fast schwarz anmutenden Farbton ist alles vorhanden. Manchen von ihnen ist die Zeit anzusehen, die zum Teil gravierende Spuren hinterlassen hat. Abgerieben, uneben geworden oder sogar gebrochen liegen sie wie Mosaiksteine einzeln, jedoch eingebettet im Ganzen und von Sand ummantelt im Boden. Farb- und Formensprache ziehen an, sobald wir sie eines zweiten Blickes würdigen.

Wie auf einer Perlenkette aufgefädelt, reihen sie sich aneinander und nur durch nicht enden wollende weiße Linien getrennt. Manche Bruchstücke schmiegen sich regelrecht in den Sand, so als ob sie trotz allem endlich ihren Platz gefunden hätten. Auch Bruchstücke, die weit von ihrem ursprünglichen Ort entfernt liegen, lassen bei genauer Betrachtung erkennen, zu welchem Klinkerstein sie einmal dazu gehört haben. Abstrakte Formen kommen zutage und je mehr Bruchstellen ein Stein aufweist, desto mehr Neugier zieht er an. Unserer Phantasie sind dabei keine Grenzen gesetzt.

Abstrakte Kunst muss nicht erst erfunden werden, sie liegt unter uns und ein Perspektivenwechsel hat schon manches Raumgefühl erweitert.

Ohne sie – undenkbar!

Wenig beachtet und doch viel benutzt, sind sie ein Teil der Inselgeschichte geworden und ein Beweis dafür, dass auf Juist vieles über Jahrzehnte unverändert bleibt. Wir konnten uns einfach darauf verlassen, dass auch nach einem Jahr der Abwesenheit sie wieder an ihrem Platz stehen würden. Gemeint sind die mintgrünen Juister-Fußwaschbecken, die wir auf dem Weg zum Strand stehen sehen.

Warum sind wir nie achtlos an ihnen vorbeigelaufen? Lag es an der ungewöhnlichen Farbe oder daran, dass die öffentlichen Fußwaschungen an Akrobatik nichts zu wünschen übrigließen, folgten wir nur einem ungeschriebenen Gesetz oder haben wir selbst schlicht weg ihren Nutzen erkannt? Es gibt sie heute noch, in einer etwas moderneren Ausführung und man kann mit Gewissheit sagen: Es hat Tradition sich auf Juist die Füße zu waschen. Mit ein wenig Wehmut im Herzen ist dieser Nachruf an die alten Juister-Fußwaschbecken von damals gerichtet.

An allen Strandabgängen erwartete uns das gleiche Bild: eine Bank und daneben das Becken.

Die Holzkonstruktion circa 40 cm hoch war mintgrün gestrichen und darin eingepasst das weiße Becken einer handelsüblichen Dusche. Das Leitungswasser kam aus einem Wasserhahn, der durch ein Loch im rückseitig angebrachten Brett herausschaute. Eine sehr stabile Konstruktion und ein schöner Beweis für den Juister-Erfindergeist. Form und Farbe sind in meinen Erinnerungen immer gleich. Mintgrün ist als Farbton eher ungewöhnlich. Unscheinbar, harmonisch eingebettet in die Natur mit einer leichten maritimen Note, so könnte man ihn vielleicht beschreiben. Auf alle Fälle ist diese Farbe untrennbar mit Juist verbunden. Sie entsprang keinem Trend und ist auch nie in Mode gekommen. War es dann vielleicht doch die ominöse Strandung von Farbeimern mit genau dieser Farbe, deren Bestand fortan ausreichte, um die Fußwaschbecken Jahr für Jahr zu überstreichen? Zu vermuten wäre es.

Überall dort wo es zum Strand geht standen sie nun. Oben auf der Düne im Sand und manchmal am Übergang vom gepflasterten Fußweg zum Holzsteg. Sobald man sich dem Scheitelpunkt der Düne näherte, sah man während der Stoßzeiten die Schlangen, die sich vor den

Becken bildeten. Es wurde nicht gedrängelt und wir stellten uns alle hinten an. Die Zeit des Wartens nutzten wir dafür, anderen bei der Kunst des Waschens zuzuschauen.

Dem WIE waren und sind auch heute noch keine Grenzen gesetzt. Ideenreiche und an Gelenkigkeit nicht zu übertreffende Szenen spielten sich ab. Wahlweise standen wir mit einem oder mit beiden Beinen im Becken. Beim Verlassen des Beckens verloren wir schon mal das Gleichgewicht. Mit allen uns zur Verfügung stehenden Mitteln versuchten wir es zu vermeiden, wieder mit Sand in Berührung zu kommen, was gelinde gesagt auf der schönsten Sandbank der Welt sowieso ein glückloses Unterfangen ist. Manche von uns machten es zu einem Ritual. Sie wuschen sich die Füße bis sie blau vom kalten Wasser wurden. Absurden und sensationellen Auftritten konnten wir beiwohnen, vor denen wir aber selbst auch nicht gefeit waren, denn auch wir waren irgendwann an der Reihe und dann hatten die Anderen das Vergnügen uns zu beobachten. Es gibt zwei Methoden sich vom Sand zu befreien: abwaschen oder abspülen. Beide unterscheiden sich wesentlich voneinander. Abwaschen bedeutet, wahlweise eine oder auch beide Hände zur Hilfe zu nehmen, um den Sand von den Füße und auch den Unterschenkel zu reiben. Beim Abspülen hält man lediglich die Füße unter den Wasserstrahl und überlässt diesem alles Weitere. Es ist Geschmackssache für welche Handhabung man sich entscheidet und auch der Grad des Erträglichen ist sehr individuell.

Etwas muss man sich dennoch bewusst sein, egal für welche Vorgehensweise wir uns auch entscheiden mögen, nach kürzester Zeit finden wir Sand nicht nur an unseren Füßen wieder, sondern überall – auch an Stellen, die wir nie für möglich gehalten hätten und dass auch nach Monaten noch.

Das Salz im Glas

Über die Strandpromenade, die steile Warm-
badstraße oder den schmalen Kurpad, erreichen wir den Ort an dem heute noch Kurbad-
tradition gepflegt wird. Für die einen gehört es
zu einem Urlaub dazu, für andere ist es un-
denkbar und dennoch soll es kurweise getrunken gesund sein. Ob Ritual oder Gesundheit,
um mitreden zu können, sollte es jeder einmal
probiert haben: Meerwasser aus einem Glas zu
trinken.

Von draußen kommend empfängt uns bereits
auf der Türschwelle ein ganzes Potpourri an
wohlriechenden Aromen. Eine wahre Duft-
explosion fordert unseren Geruchssinn geradezu heraus, wohingegen unsere Ohren fast
nichts zu hören bekommen, so andächtig ruhig
ist es hier. „Meerwasser to go" gibt es nicht! Wir
nehmen uns Zeit und treten erst einmal ein. Ein
Blick in die Runde zeigt, dass außer uns nur
eine Handvoll Damen jeden Alters auf Bänken
an den Fenstern sitzt. Alle haben ein Glas in
der Hand oder es steht vor ihnen auf einem der
Holztische. Der Raum strahlt eine wohltuende
Atmosphäre aus, Holzmöbel, große Fenster

und das was sonst noch verkauft wird, riecht gut. Es gibt kaum Geräusche, kein sinnloses und lautstarkes Gerede, welches uns sonst nur mit dem Kopf schütteln lässt. Es herrscht Ruhe und Stille, die ihre Wirkung bei uns nicht verfehlt.

Alle Anwesenden sind mit sich selbst beschäftigt. Sie schauen aus dem Fenster oder sie sitzen einfach nur da. Von Zeit zu Zeit wird am Glas genippt oder bisweilen auch beherzt getrunken. Jede ist auf ihre Weise ganz bei sich. Eines fällt auf. Männer sind keine da und wenn dann nur als Begleitung.

Am Tresen ist die Qual der Wahl nicht schwer. Es gibt Tiefenmeerwasser mit oder ohne Saft. Die Bestellung verläuft schnell und das Verkaufsgespräch ist kurz, kühl und unverbindlich. In voller Überzeugung, gerade das Richtige zu tun, lächeln wir hoffnungsvoll aber erwartungslos zurück, nehmen das kleine Glas entgegen, bezahlen und setzen uns auf einen der vielen freien Plätze am Fenster.

Der Ausblick ist überwältigend. Juist liegt uns sprichwörtlich zu Füßen. Die vielen roten Klinkerhäuser fügen sich zu einem Ensemble zusammen. Es gibt keine auffälligen Bausünden, wie auf anderen Inseln, keine zu hohen Gebäude, keine bunt angestrichenen Häuser. Alles fügt sich ineinander und grenzt sich nicht voneinander ab. Rot ist hier die alles beherrschende Farbe, deren Leuchtkraft noch durch das Blau des Himmels verstärkt wird. Nur das Kurhotel erstrahlt ganz in weiß. Ein imposanter und majestätisch anmutender Bau, der vor mehr als 120 Jahren hier oben auf der Weißen Düne errichtet wurde und die Strahlkraft der vergangenen Bäderkultur immer noch präsentiert. Die Nordsee sehen wir von hier aus nicht, dafür aber das Wattenmeer, welches am Horizont vom Festland begrenzt wird. Eine Frisia-Fähre nähert sich dem Juister-Hafen. Wir haben Flut, Hochwasser oder auflaufendes Wasser. Begriffe, die nur an der See eine Bedeutung haben und die wir uns gerne zu eigen machen.

Die Aussicht lässt uns fast vergessen, warum wir hier sind. Ohne weiter darüber nachzudenken, nehmen wir kühn einen Schluck wohlwissend, dass zwischen Trinken und Schlucken nicht zu viel Zeit vergehen darf; sonst klappt es vielleicht nicht!

Wenn wir gehen

Wenn die Zeit auf Juist nicht mehr in die Länge gezogen werden kann, wir uns von allen verabschiedet und einen Platz an Bord gefunden haben, dann rückt der Zeitpunkt unserer Abreise immer näher. Für einen letzten Blick zurück suchen wir uns einen der wenigen Stehplätze an der Reling.

Neidvoll schauen wir auf all die, die noch auf Juist bleiben und nur unser Verstand lässt uns jetzt nicht wieder von Bord gehen. Die Schiffsmotoren beginnen mit einem sonoren Ton unsere Abreise anzukündigen. Der Steg wird eingezogen, Taue werden gelöst und an Bord geworfen. Jetzt geht nichts mehr. Langsam bewegt sich die Frisia fast zögerlich vom Anleger weg, gerade so schnell, als wollte sie die vielen Bänder, die uns mit Juist verbinden, mit sich ziehen. Juist-Fahnen und Tücher fliegen nun förmlich durch die Lüfte. Die letzten Abschiedsgrüße rufen wir uns noch zu. Eine unwirkliche Stimmung macht sich breit, so fröhlich bunt und doch so von Melancholie durchtränkt.

Nun fehlt nur noch eines. Eine letzte Juist-

Tradition, die uns immer aus dem Hafen begleitet. Wir lauschen gespannt, ob auch dieses Mal die Schiffslautsprecher wieder ertönen werden und wir die Klänge vernehmen können, die unseren Abschiedsschmerz auf den finalen Höhepunkt zutreiben. Doch ohne sie wollen wir Juist nicht verlassen. Zu kostbar ist die Zeit für uns gewesen, als dass wir nun still und leise abreisen könnten, fast so als wäre nichts gewesen.

Und ja, da sind sie, die ersten Akkordeontöne, die wir so gut kennen und die untrennbar mit Juist verbunden sind. Nun bekommt unsere Zeit auf Juist noch den letzten feierlichen Anstrich, der ihr gebührt. Lautstark durchdringt das Juister-Abschiedslied die Luft. Tränen, die bisher zurückgehalten wurden, fließen nun und viele Augen werden feucht. Nicht nur Kinder, auch Erwachsene können ihre Gefühle nun nicht mehr verbergen.

Wir reisen wirklich ab und unsere Juist-Zeit ist für dieses Mal wieder vorbei. Die Zeit können wir nicht zurückdrehen, aber es bleiben Erinnerungen und die Gewissheit, dass wir die erlebte Zeit auf Juist nicht verlebt haben, weil Juist jedes Mal aufs Neue unser

Bewusstsein für Zeit verändert. Selbst hier auf dem Schiff können wir immer noch die Langsamkeit der Zeit nachempfinden, die wir alle auf Juist suchten. Am Leitdamm entlang verlässt die Frisia langsam den Hafen, fast so wie wir gekommen sind.

Wir sind traurig, aber wir wissen schon jetzt, dass wir ganz bestimmt wiederkommen werden. Das Ende ist ein Anfang, alles wiederholt sich und die Tradition wird fortgesetzt, denn nach dem Juist-Urlaub ist schon wieder vor dem Juist-Urlaub. Ein Griff in die Jackentasche zaubert uns ein letztes Lächeln auf die Lippen. Wir ertasten ihn, ihn aus dem sich unsere Träume formen und ihn, der überall zu finden ist: Der feine Juister-Sand.

Die erlebte Zeit auf Juist zeigt, dass der Insel-Zauber auch durch uns getragen wird. Wir, die immer wieder kommen sind es, die ihn ermöglichen und ohne uns wäre Juist nur halb so schön! Juist ist und bleibt unsere Insel der Ruhe im Strom der Zeit, weil wir hier auf Zeit zur Ruhe kommen. Juist ist für uns nicht nur eine Urlaubsinsel, auf der wir schöne Tage verbringen, Juist ist unser Sehnsuchtsort und die Juist-Stimmung kehrt manchmal auch in unseren Alltag ein, wenn wir uns die Zeit nehmen, uns auf Juist zurück zu denken. Bevor die Frisia Kurs Richtung Norddeich-Mole nimmt schauen wir nochmals sehnsuchtsvoll zurück. Auf Wiedersehen JUIST, wir kommen wieder!

Ein Gedanke zum Schluss

Juist ist einzigartig, aber auch Juist verändert sich! Diesem Trend dürfen wir nicht tatenlos zuschauen, einem Trend, der die Insel früher oder später zu einem beliebig austauschbaren Ferienort macht, der dem Konsum erlegen und von Menschen überrollt wird.

Das für uns alle so erstrebenswerte Lebensgefühl, die innere Ruhe, die Juist bei uns allen hervorruft, würde dabei nicht nur auf der Strecke bleiben, es würde verloren gehen. Mehr denn je sind wir gefordert, unseren eigenen Lebensstil zu überdenken, in dem wir uns nur noch um uns selbst drehen und in dem wir zunehmend das so wichtige Gemeinschaftsgefühl verlieren, welches uns heute auf Juist noch in vielerlei Hinsicht vorgelebt wird. Wäre ein WENIGER von allem vielleicht doch auch ein MEHR für viele? Müssen wir alles tun, was wir uns leisten können? Diese Fragen sollten wir uns nicht nur stellen, wir müssen Antworten darauf finden und danach handeln. Die Verantwortung liegt bei jedem. Ein Schönreden und ein weiter so wie bisher scheint in vielen Bereichen unseres Lebens schon lange nicht mehr möglich zu sein und wir dürfen mit unserer Gier nach immer mehr nicht das zerstören, was wir so sehnsuchtsvoll das ganze Jahr über vermissen und was wir bisher noch auf Juist zu finden hoffen.

Juist ist nicht nur der Ort unserer Sehnsucht, unser Zufluchtsort, Juist ist auch gelebte Realität für alle, die auf der Insel leben und arbeiten. Diesen Lebensraum gilt es nicht nur gegen Naturgewalten, sondern auch gegen den zunehmenden Konsumrausch zu schützen, dem wir uns selbst fast nicht mehr entziehen können, so sehr ist er schon Teil unseres Lebens geworden. Juist darf nicht nur konsumiert werden! Juist gilt es mit allen Sinnen zu erleben und Juist gilt es zu verstehen! Das müssen wir bewahren, auch wenn dies den eigenen Verzicht bedeuten könnte. Nur so können wir unsere Insel, für spätere Generationen erhalten. Den Juistern ist zu wünschen, dass auch sie sich auf das Wesentliche besinnen, sie ihre Insel nicht ausverkaufen und sie sich dem Zeitgeist nicht widerstandslos geschlagen geben. Sie haben das Glück in diesem einzigartigen Lebensraum leben zu können und sie dürfen sich nicht auch noch in der Welt verlieren, aus der wir alle Jahr für Jahr zu entfliehen versuchen – einer Welt in der der Mensch sich immer mehr selbst verliert, weil das Menschsein keinen Wert mehr hat. Juist ist ein schützenswerter Lebensraum, den wir erhalten und bewahren müssen.

Hier sind auch wir gefordert, denn Juist geht uns alle etwas an!